Ein Geburtstags-Geschenk

für

von

Bestell-Nr. RKW 5104

Verlag für Jugend und Gemeinde

Zusammenstellung und Gestaltung: RKW
Titelbild: Pitopia/Racamani
Bildautoren: Clipart deSIGN (Blumen-Ornamente), Pitopia/T. Altena (43), Pitopia/K. Kaspar (19, 37, 41), Pitopia/Katharina (11, 17, 33, 45), Pitopia/Racamani (29), A. Pohl SCJ (31, 34), M. Ruckszio (13), D. Schinner (39), I. Schönrock (24), E. Tomschi (21), J. Vogt (27), A. Will (14, 23)

Druck und Bindung: Proost, Belgien

ISBN: 978-3-86338-104-2

Susanne Schutkowski

Mögen Blumen für Dich blühen

kawohl

Herzlichen Glückwunsch!

Von ganzem Herzen gratuliere ich dir
zu deinem Geburtstag und wünsche dir alles Gute,
vor allem aber Gottes reichen Segen,
Glück und Zufriedenheit, Wohlergehen
und viel Grund, sich oft von Herzen zu freuen
für jeden Tag in deinem neuen Lebensjahr.
Für heute wünsche ich dir
einen wunderschönen Tag, den du genießen kannst.
Es ist dein Tag! Du bist die Hauptperson.
Egal ob du 18 oder 80 Jahre alt geworden bist.
Du bist einzigartig. Geschaffen aus Liebe.
Wunderbar gestaltet und ausgedacht
von einem guten Schöpfer, der dich ins Leben rief,
der will, dass gerade du da bist. Gott ist für dich.

Nimm die Segenswünsche aus diesem Bildband persönlich!
Ich wünsche dir einen ganz besonderen Tag.

die Sonne freundlich auf dich sehn,
viel Gelingen, wenig Mühen,
Wunder solln für dich geschehn.

Ein frohes Herz sei dir bewahrt,
und Mut sei stets dein bester Freund.
Und dass der Sturm am Stürmen spart,
Hoffnung sei oft mit dir vereint.

Gott, der Herr in deinem Leben,
er steht dir nah – bei Tag und Nacht.
Was du brauchst, wird er dir geben:

Gott hat dich
wunderbar gemacht!

Lieber Mensch,

der du geboren bist, weil einer dich wollte,
bedingungslos Ja sagte zu dir schon bevor du warst.

Herzlichen Glückwunsch zu deinem Geburtstag!
Möge jeder Tag in deinem neuen Lebensjahr
Gutes bringen, Glück und Zufriedenheit.

Ich wünsche dir alles, was dich erfüllt,
dich glücklich macht,
und das sind oft nicht die großen Sensationen
in unserem Leben,
sondern die so genannten kleinen Dinge
auf unserer Lebensreise.

Dir wünsche ich vor allem aber in allem
den reichen, tiefen Frieden und Segen Gottes
ganz persönlich für dich
und auch für deine Lieben um dich herum.

Möge immer Zeit sein für kleine Pausen
und Sonnenschein und Blumen am Wegesrand.
Möge Gott dir die Augen schenken,
diese Blüten zu sehen, immer wieder,
selbst in der Ritze
von grauem, festgefahrenem Asphalt.

Segen soll dich umgeben,
wie ein heller Sonnenstrahl.

Liebe soll dich bergen,
wie ein warmer Umhang
aus weicher Wolle.

Geschützt und geborgen bist du
in starken Händen,
die dich halten.

Von ganzem Herzen
wünsche ich dir
alles, was dir wirklich gut tut
zu deinem Geburtstag,
Gesundheit und Wohlergehen,
tiefen Frieden ins Herz
und ganz viel Grund,
dich recht oft
von Herzen zu freuen.

Mögen dir freundliche Menschen begegnen,
und möge alles, was du anpackst,
dir gelingen.
Möge Gott dich reich segnen,
dich bewahren und dir nahe sein
an jedem Tag in deinem neuen Lebensjahr.

Schön, dass es dich gibt.

Mein Wunsch für dich

ist, dass du immer wieder Mut und Hoffnung
für dein Leben haben kannst.

Das ist mein Gebet,

dass Gott dich nicht enttäusche,
dass er dich nicht zu lange warten lasse
auf seine Hilfe und Antwort
in Fragen, Zweifeln und Ängsten.

Gott, der Herr über allem,
soll immer der Grund deiner Hoffnung sein
und der Sinn deines Lebens.

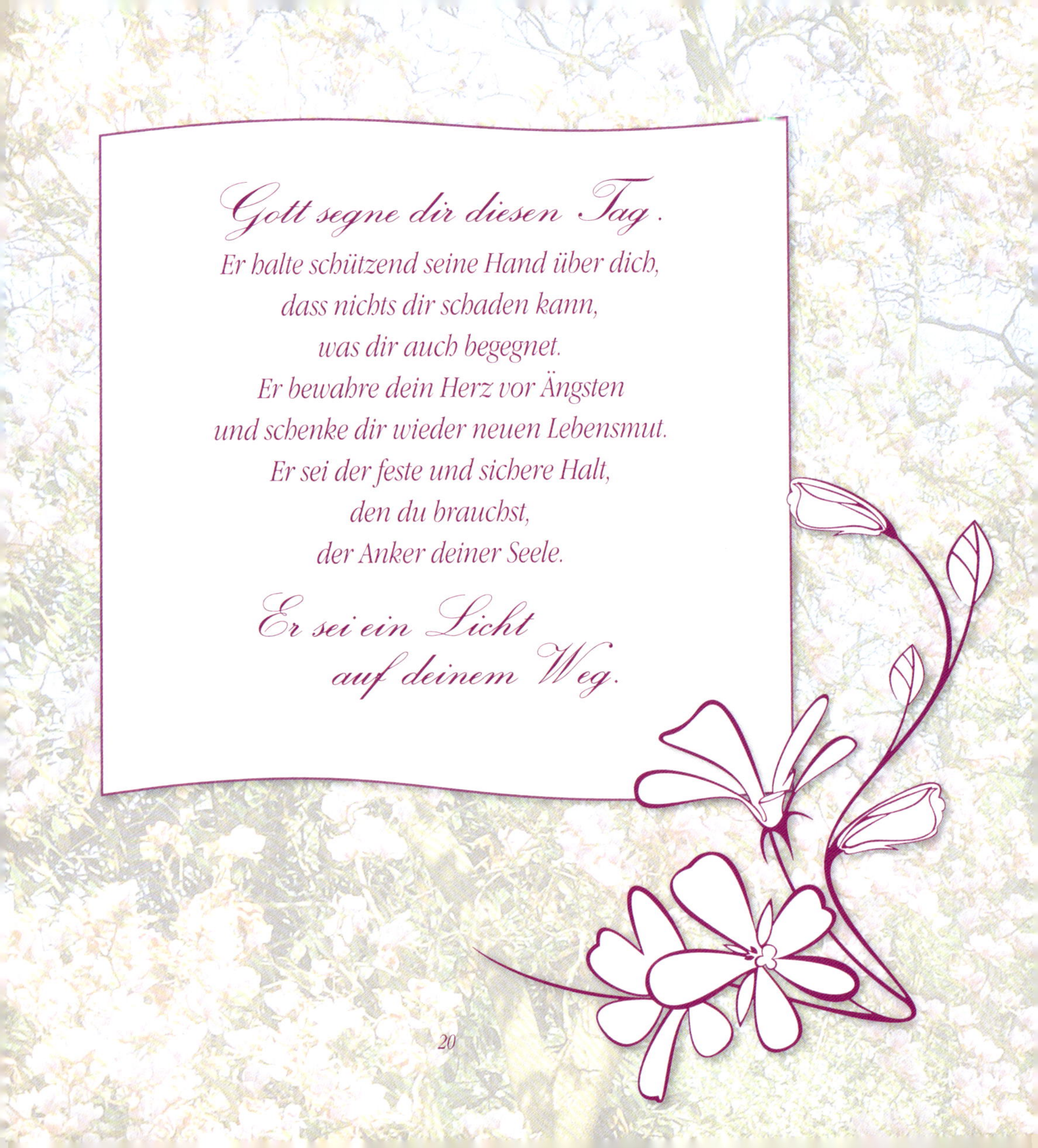

Gott segne dir diesen Tag.

Er halte schützend seine Hand über dich,
dass nichts dir schaden kann,
was dir auch begegnet.
Er bewahre dein Herz vor Ängsten
und schenke dir wieder neuen Lebensmut.
Er sei der feste und sichere Halt,
den du brauchst,
der Anker deiner Seele.

Er sei ein Licht
auf deinem Weg.

Ein neues Jahr liegt vor mir
wie unbekanntes Land.
So viel wollte ich ändern,
so viel neu gestalten im vergangenen Jahr.
Doch in Vielem bin ich
wie festgefahren in alten Spuren.

Nimm mich bei der Hand, Herr, und gehe mit mir.
Du gehst voran und bahnst den Weg für mich.
So kann ich dir folgen
und Schritte in dieses neue Land wagen.
Veränderungen, die du bei mir bewirkst, sind heilsam.

Du formst neue Spuren für mich.
Und in manchmal nur kleinen Schritten folge ich dir.
So kann ich dankbar und getrost
in dieses neue Jahr gehen, denn du bist bei mir.

Das macht mir Mut.

Dein Wort ist eine Leuchte
für mein Leben,
es gibt mir Licht
für jeden nächsten Schritt.
Psalm 119,105

All deine Gedanken
und Handlungen,
alles Erlebte
sind Pinselstriche auf dem
Bild deines Lebens.

Tritt einen Schritt zurück:
Und du erkennst das Bild.

Möge Gott

dich mit seinen starken Armen
durch deinen Alltag tragen.

Mögest du frei atmen

in dem Raum,
den Gott dir schenkt.
Mögen deine Füße
stets den festen Felsen finden,
der Gott dir sein will.

Gott segne dich.

Alles Gute

Ich wünsche dir von Herzen
Gottes Wunder in deinem Leben,
die kleinen und die großen,
und dass Gott dir Augen schenkt,
die seine Wunder erkennen können.

Ich wünsche dir ein fröhliches Herz,
große Gelassenheit
und ein ganz tiefes Aufatmen
am Herzen und im Licht Gottes.

Du bist in Gottes Hand.

Dies ist der Tag,
den der Herr macht.
Dies ist der Tag, den er gibt.
Heute ist Zeit, sich zu freuen,
dass er uns nah ist, uns liebt.

Er ist die Quelle, ist Leben und Licht.
In seiner Nähe ist es gut.
Er ist das Leben, ist Wahrheit und Weg.
Heute gibt er
Kraft für den Tag,
Kraft genug.

Mein Wunsch für dich ist,
dass dein Leben gelinge,
ja, dass du Leben in Fülle findest.

Gott segne das Werk deiner Hände
und räume dir Hindernisse aus dem Weg.
Er bewahre dich vor Gefahren,
vor Schuld und Anfechtung.
Möge Gott dich auf Adlersflügeln
durch deinen Alltag tragen.

Bewahre dir ein dankbares Herz,
danke für die kleinen Dinge,
die dir begegnen.
So dass du immer mit Gewissheit sagen kannst:

Sicher bin ich, geborgen und geliebt.
Ich habe einen Fels, der trägt.

Dein Leben sei gesegnet,
deine Tage fröhlich.
Dein Körper und deine Seele
seien geschützt und geborgen.
Ein Lächeln
begleite deinen Tag.

Gott ist dein Schutz
und dein Schild,
ein starker Helfer in großer Not.

Gott ist dein Fürsprecher,
wenn alles nein zu dir sagt.

Wage ein Ja,
ein mutiges Dennoch,
die Entscheidung zum Leben.

Möge Gott dich reich segnen
mit seinem köstlichen Segen,
dir alles geben, was du brauchst
und nötig hast,
dir all deine Wege ebnen
und Hindernisse
aus dem Weg räumen.

Möge Gott, der Herr über allem,
immer dein Schutz
und deine Zuflucht sein.
Mögest du gesegnet sein
und anderen zum Segen werden.

Gut, dass es dich gibt.

Mut wünsche ich dir,
dem Leben zu begegnen
bis in die tiefsten Tiefen.

Warm und geborgen
sollst du dich fühlen,
weil Gott dir seinen Mantel
aus Schutz und Liebe umlegt.

Getrost
sollst du in den Tag gehen
und wissen:
Du bist geliebt.

Du bist einzigartig.

Geschaffen aus Liebe.
Wunderbar gestaltet
und ausgedacht von einem guten Gott,
der dich ins Leben rief,
der will, dass es gerade dich gibt.
Du bist wunderbar gemacht.

Gott sagt:

Ich will dich segnen
und du sollst ein Segen sein.

Gott, der Herr, segne dich
und schütze dich
an jedem Tag
in deinem neuen Lebensjahr.

Er führe dich mit seinen Augen.
Er ebne den Weg für dich
und sei dein Rückenwind.

Er, der Anker deiner Seele,
gebe dir Halt
und Zuversicht
und Geborgenheit.
Gott, der Herr,
sei dir Sonne und Schild.

Susanne Schutkowski

1962 geboren und aufgewachsen in Leverkusen. Verheiratet. Gelernte Sekretärin. Mitglied der Freien evangelischen Gemeinde Leverkusen Wiesdorf.
Ihre Texte spiegeln ihr Leben mit Gott und die Auseinandersetzung mit ihm und anderen Menschen wider. Sie wollen Mut machen zu einem Dennoch in all den Begrenzungen des Lebens. Denn was sie selbst erlebt hat, möchte sie weitersagen: Bei Gott gelten andere Wertmaßstäbe.